原田マハ

Maha Harada

徳間書店

Fortune Book

明日につながる120の言葉

はじめに

　フォーチュンクッキー、というお菓子をご存知だろうか。
　「あ、知ってる」と反応したそこのあなた。あなたはひょっとして、昔ながらの中華料理店で食事するのが好きな人ではないですか？　そう、フォーチュンクッキーというのは、昔ながらの中華料理店で食事の最後に出てくるお菓子。最近のモダンなチャイニーズレストランではあまり見かけなくなったので、知らない人も多いだろう。
　袋状の薄焼きクッキーの中に紙片が入っていて、ぱりんと割って取り出して読む。言ってみればおみくじみたいなものだろうか。紙片に書かれているのはたあいもないひと言なのだが、誰かと一緒に食事していたら、お互いに「なんて書いてあった？」と見せ合いっこしたり、ちょっと気の利いた言葉が出てきたらニンマリしたり、これがなかなか楽しい。食事の最後に「言葉」が出てくるなんて、なんだかとってもすてきなのだ。

　私がフォーチュンクッキーに出会ったのは、もう20年以上もまえのことになる。
　そのとき、私は人生最大の分岐点に立っていた。それまで勤務していた新しく開設される美術館の準備室を退職し、新しい一歩を踏み出そうとしていた。その記念にと、私はひとりでニューヨークへ出かけた。と書けばさぞかしカッコいい印象だろうけど、心はずっとモヤモヤしていた。ちょうど40歳になるタイミングで、美術館はこれからオープンするところだっ

た。なのにキュレーターの肩書きを捨てて、無収入になり、仕事の当てもない。退職は自分で出した結果なのに、くよくよしている自分が嫌だった。「攻め」の街・ニューヨークへ行けば気持ちも攻めに転じるだろうと期待していたのに、モヤモヤ、くよくよはいっそう募るばかり。その日食べたのはベーグル一個っきり、しゃれたディナーに出かける相手もなく、マンハッタンの寒風が骨身にこたえた。40歳にもなって、お腹を空かせてチャイナ・タウンの裏通りをとぼとぼ歩いている自分が情けなかった。どこでもいいやと、いかにも安そうな古ぼけた中華料理店に入った。みんなでシェアすれば大したことない一皿は、ひとりの私には多すぎて高すぎてまずすぎた。

　もう帰ろう。がっかりしながら会計を頼んだ。釣り銭皿に、伝票と共に袋に入ったクッキーがひとつ、載せられてきた。ふくらんだクッキーの端っこに白い紙片がのぞいている。なんだろう？　と割ってみた。細長い紙切れが出てきて、こう書かれてあった。

"It's all right."（大丈夫。）

　なんてことのない、たったひと言。そのひと言が私の胸にまっすぐに来て、すとんと落ちた。
　私はその紙片を財布に入れ、会計を済ませ、表へ出た。不思議なことに心のモヤモヤが晴れていた。顔を上げると、摩天楼を渡る風が心地よく感じられた。
　そうして私は新しい一歩を踏み出した。ほんものののの、未来への一歩を。

明確な将来のヴィジョンがあったわけじゃない。それでもなんでも自分で新しい一歩を踏み出した、それが私の人生を決定づけたのだといまならわかる。

　あのとき、私は私に誓った。いつの日か、なんであれ「言葉」にかかわる仕事をすることになったら、どこかの誰かを励ます言葉を届けよう。小さな言葉でいい、何気ない言葉でいい、一歩踏み出すために背中を少しだけ押す、そういう言葉を発信しよう——と。

　その4年後、私は作家になった。
　7年後、スピーチで世界を変える物語『本日は、お日柄もよく』を書いた。
　20年後、書き下ろしの小さなメッセージを込めたフォーチュンクッキー「こと葉」を作った。

　そして、いま。
　この本を、あなたに届けよう。
　新しい一日を始める、新しい一歩を踏み出す、新しいあなたのために。

2024年　秋
原田マハ

FORTUNE BOOK の使い方

本書に収録されている120の言葉は、
フォーチュンクッキー「こと葉」のために
1年間かけて書き下ろしたものです。(2023-2024年)
読み方は自由です。作者からの提案をいくつか。

- 通して読む。
- 順番に1日ひと言読む。
- おみくじのようにランダムにページを開けてみる。
- 誰かに贈りたい言葉をみつけたら、
  写真を撮って送る。
- 好きな言葉や、いまの気持ちにドンピシャ! な
  言葉があったら、自分の言葉にする。
- 言葉のとなりのページに思いついたことを
  自由に書いてみる。
- メッセージを書き込んで誰かに贈る。

『FORTUNE BOOK』は、私が元気でいる限り、
毎年、1年に1度、
新しい120のメッセージとともに
あなたのもとへ届けます。

あなたの元気が私の元気です。
お互い元気で、ともに新しい一歩を踏み出しましょう。

原田マハ

いいほうに
変わるなら、
変わるほうがいい。

あなたは、きっと
誰かの大切な人だ。

時にいい風が吹く、

それが人生。

試練は

乗り越えられる人のもとへ

やってくる。

遠くても、
坂道でも、
回り道でも、
この道には
必ずゴールがある。

旅は時に人生を変え、
深めもする。

自信とは、
自分を信じること。

CHANGEは
CHANCEだ。

今日の自分より明日の自分、

明日の自分より明後日の自分を

楽しみに。

人は前を向いてしか
進めない。

今日が私の

独立記念日。

時計はいつでも
「いま」を指している。

たとえ泥の中から
見上げたとしても、
星は輝いている。

まずは自分を信じよう。

誰よりも

信じてあげよう。

ほんとうに
大切なものは、
すぐ近くにある。
近すぎて
気がつかないだけだ。

親切は、いつか必ず
自分に返ってくる。

自分次第で、
それぜんぶ
「大吉」です。

今日どう生きるか、
それは昨日でも
明日でも
決められない。

言いにくいことを
言ってくれる人は、
ほんとうの友だ。

旅は、出るだけで意味がある。

明けない夜はない。
止(や)まない雨はない。

自分の中に
吹く風を止めず、
その風に乗っていく。

頭を冷やし、
心をあたためよう。
それで、もう一度
考えてみよう。

いくつになっても
心は育つ。
心が喜ぶ栄養を
惜しまずあげよう。

今日は昨日の明日である。

傷ついた人は、
傷つけたりしない。

思いやりとは、
想像力である。

小さな幸せが、
いちばんの幸せだ。

あなたの中に、
あなただけの「美」を
持ち続けてほしい。

これでいい。
じゃなくて、
これがいい。

早起きすると、
今日が見えてくる上に、
未来までよく見える。

言いたくないことは
言わなくていい。
でも、
言うべきことは
言ったほうがいい。

自分の心の声に
耳をすませて。

あきらめなかったら、
勝つだけだ。

自分へのごほうびは、
たっぷりと、遠慮なく。

人生、何があるか
わからない。
だからもう少し、
先へ行ってみよう。

その荷物、

いっぺん、

下ろしてみたらいい。

望めばできる。

望まねばできぬ。

平らな道を行くよりも、あえてフェンスを越えてゆけ。

迷ったら、
まず自分に
聞いてみる。

あたたかなひと言が、
誰かの心の灯(ともしび)になる。

何も持っていないと
感じても、
ひとつだけ
持っているはず。
それは「可能性」だ。

それでも

生きていこうと

思う気持ちが

あなたを生かす。

決して忘れないこと。

軽やかに

忘れ去ること。

私たちには

生きることをやめない

力が備わっている。

今日できることは
明日まで
持ち越さない。

誰でも使える
魔法の言葉：ありがとう

孤独は、
ときに人を賢明にする。

あなたが
進んでいく道は、
あなたにしか
見えない。

あなたの足元にそっと
寄り添っている猫は、
「希望」という名前だ。

ふと立ち止まって
振り向いてみる。
そこまで歩んできた
道が見える。

ひとつ、手放す。

それから

ひとつ、手に入れる。

まず、
自分を幸せにする。

かんたんに
あきらめない。
あきらめるのは
かんたんだから。

誰かがあなたを
見守ってくれている。
たとえあなたがそれに
気づいていなくても。

大丈夫。
最後は、
なんとかなる。

誰かの幸せは、

あなたの幸せで、

世界の幸せだ。

無理しない。

無理しても

いいことは何もない。

窓を開けよう。
今までと違う風景が
見えるかもしれない。

笑顔は最高の花束だ。

あなたの人生は、
あなたのことを決して
あきらめはしない。

雨が降らなければ、

晴れの日は来ない。

一番難しいことを、

まず初めに

やっつける。

やりたいことがあるなら、

まず「やる」と言ってみる。

そして「やる」と言ったらやる。

未来はいつも
最善である。

夜があるから
夜明けがある。

自分にしか
守れないものが
あるはずだ。

自分が喜ぶことを
始めよう。

見る前に翔ぶな。
よく見てから翔べ。

納得できていないなら、
もう一度やり直そう。

これがなくなると
さびしい、
と思うことが、
あなたの好きなことだ。

歩き続ける。
そのために力を
蓄える。

幸せはシェアできる。

自分自身を
カウントしてみて。
絶対に「1」だから。

新しく始める、
その気持ちを
忘れないで。

結果はどうあれ、
やってみよう。

夢は実現するために
ある。

やりたかったことを
始めるのに、
もう遅すぎるなんて
ことはない。

大丈夫、
その思いはきっと
伝わる。

深呼吸、深呼吸。
で、整えていこう。

休むのも仕事のうち。

言葉ひとつで
人は変われる。

そろそろ、ひと休み。
足りなかったら、
もうひと休み。

辛(つら)すぎると
感じるなら、
無理してやらなく
たっていい。

誰かのやさしさに
ふと気がつく、それは
あなたのやさしさが
呼応しているから。

ややこしいことは、
ひとまず置いといて。

まぁまぁいい感じ、
がいちばんいい感じ。

しんどいことは
いったん手放す。
それから考え直す。

暗闇の中でも、目が慣れれば見えてくる。

花は少しずつ開いて、

一気に咲く。

夜明け前が

いちばん暗い。

いったん基本に
立ち返る。

「ネガティブ」に
ちゃんと向き合えば、
「ポジティブ」が
強くなる。

「大丈夫?」
じゃなくて、
「大丈夫!」だから。

あきらめるには
あらゆる検証が
必要だが、
続けるには
たったひとつの
希望があればいい。

自分が変われば、
世界が変わる。

面倒くさいから
面白いんだ。

世界の本当の広さは
ネットではわからない。
出かけなくちゃ。

重い荷物も
長い階段も、
筋トレだと思えば
なんのその。

夜が明けるのを
止めることはできない。

鳥は向かい風に
向かって飛ぶ。

再起動するために、
一回シャットダウン
しなくちゃダメな
こともある。

あなたはこの世界の構成要員だ。

それはほんとうに
つまらないこと
なんだろうか。
つまらないと
思い込んでいる
だけじゃないか？

夢は、
まぼろしなんか
じゃない。

自分の中の
沸点には逆らえない。

追い風に乗るのは、
飛んでからだ。

まず「元(はじめ)」に、
やる「気」が必要だ。

いつもと違う道を
行ってみたら、
新しい発見が
あるかもしれない。

やり直そう。
別の可能性を
探りながら。

朝がくれば、
明るくなるのは
駆け足だ。

いい気になるな。
その気になれ。

背伸びせず、
身の丈ジャストが
いちばん。
で、ちょっとだけ
上を狙っていく。

あきらめたんじゃない。
選択したんだ。

好きなことを
始めるのに
年齢制限はない。

言い訳はしない。
言い訳は
言い訳でしかないから。

いい風が吹いてきた。

落ち着いて。
走っている電車の
中では走れないよ。

たまには

雨の日も必要だ。

新しい、
あなたと、
明日へ。

原田マハ（はらだ・まは）

1962年東京都生まれ。関西学院大学文学部、早稲田大学第二文学部美術史科卒業。伊藤忠商事、森美術館設立準備室、ニューヨーク近代美術館への派遣を経て、2002年独立後フリーのキュレーターとして活躍。05年「カフーを待ちわびて」で日本ラブストーリー大賞を受賞し、デビュー。12年『楽園のカンヴァス』で山本周五郎賞受賞。17年『リーチ先生』で第36回新田次郎文学賞受賞。24年『板上に咲く』で第52回泉鏡花文学賞受賞。著書に『本日は、お日柄もよく』『生きるぼくら』『暗幕のゲルニカ』『サロメ』『たゆたえども沈まず』『美しき愚かものたちのタブロー』『風神雷神』『リボルバー』『黒い絵』など。

YOLOs（よろず）

〒604-8151 京都市中京区蛸薬師通烏丸西入ル橋弁慶町228 101号
TEL：075-252-5900　営業時間：11〜19時
定休日：月曜＋不定休

HP

Instagram

FORTUNE BOOK
明日につながる120の言葉

2024年11月30日　第一刷

著者　原田マハ
発行者　小宮英行
発行所　株式会社 徳間書店
〒141-8202 東京都品川区上大崎3-1-1 目黒セントラルスクエア
電話（編集）03-5403-4349　（販売）049-293-5521
振替 00140-0-44392

装丁　岡本歌織（next door design）
組版　株式会社キャップス
本文印刷　本郷印刷株式会社
カバー印刷　真生印刷株式会社
製本　ナショナル製本協同組合

本書の無断複写は著作権法上での例外を除き禁じられています。
購入者以外の第三者による本書のいかなる電子複製も一切認められておりません。
©Maha Harada 2024 Printed in Japan
落丁・乱丁本は小社またはお買い求めの書店にてお取替えいたします。
ISBN978-4-19-865920-2

『本日は、お日柄もよく』
原田マハ

ＯＬ二ノ宮こと葉は、想いをよせていた幼なじみ厚志の結婚式に最悪の気分で出席していた。ところがその結婚式で涙が溢れるほど感動する衝撃的なスピーチに出会う。それは伝説のスピーチライター久遠久美の祝辞だった。空気を一変させる言葉に魅せられてしまったこと葉はすぐに弟子入り。久美の教えを受け、「政権交代」を叫ぶ野党のスピーチライターに抜擢された！目頭が熱くなるお仕事小説。

徳間文庫／電子書籍

『生きるぼくら』
原田マハ

いじめから、ひきこもりとなった24歳の麻生人生。頼りだった母が突然いなくなった。残されていたのは、年賀状の束。その中に一枚だけ記憶にある名前があった。「もう一度会えますように。私の命が、あるうちに」マーサばあちゃんから？　人生は４年ぶりに外へ！　祖母のいる蓼科へ向かうと、予想を覆す状況が待っていた──。人の温もりにふれ、米づくりから、大きく人生が変わっていく。

徳間文庫／電子書籍